Vente du Mercredi 30 Décembre 1868

OBJETS DE LA PERSE

EXPOSITION PUBLIQUE

le Mardi 29 Décembre 1868

M⁰ CHARLES PILLET, | M CH. MANNHEIM,
COMMISSAIRE-PRISEUR | EXPERT

1868

CATALOGUE

D'UNE JOLIE RÉUNION

D'OBJETS DE LA PERSE

BELLES ARMES ET PIÈCES D'ARMURES

BRONZES, CUIVRES

OBJETS VARIÉS, TAPIS & ÉTOFFES

DONT LA VENTE AURA LIEU

HOTEL DROUOT, Salle N° 9

Le Mercredi 30 Décembre 1868

A DEUX HEURES

Par le ministère de M⁰ **Charles PILLET,** Commissaire-Priseur,
10, rue Grange-Batelière,

Assisté de M. **Charles MANNHEIM,** Expert, 7, rue Saint-Georges,

Chez lesquels se trouve le présent Catalogue.

EXPOSITION PUBLIQUE

Le Mardi 29 *Décembre* 1868, *de une heure à cinq heures.*

CONDITIONS DE LA VENTE

Elle sera faite au comptant.

Les acquéreurs payeront *cinq pour cent* en sus des adjudications.

L'exposition mettant le public à même de se rendre compte de l'état des objets, il ne sera admis aucune réclamation une fois l'adjudication prononcée.

Paris. — imp. de PILLET fils aîné, rue des Grands-Augustins, 5.

DÉSIGNATION DES OBJETS

ARMES

1 — Casque en damas dont la bombe est couverte d'arabesques et d'inscriptions en or, et à bordure damasquinée de même.

2 — Rondache de même travail avec bordure sur fond bleu, représentant des fleurs et des sujets de chasse; elle est garnie de quatre bossettes saillantes et dorées.

3 — Brassard couvert d'arabesques et d'inscriptions.

4 — Casque en damas à bombe couverte d'entrelacs damasquinés en or et à large bordure damasquinée de même; il est garni de trois porte-aigrettes.

5 — Brassard de même travail.

6 — Casque en damas à bombe décorée d'arabesques et d'inscriptions damasquinées en or.

7 — Rondache à large bordure damasquinée en or.

8 — Brassard en damas damasquiné de même.

9 — Chemise de mailles.

10 — Hache d'armes à double tranchant, à ornements dorés sur fond bleu.

11 — Hache d'armes en damas ciselé, surmontée d'une tête de bœuf dorée et damasquinée en argent.

12 — Beau fusil turc à canon richement damasquiné en argent, bois incrusté de mosaïque de Bombay et monture en argent.

13 — Petit kama en damas, poignée en buffle.

14 — Autre petit kama à lame en damas damasquinée en or, poignée en morse.

15 — Deux pistolets, canon en damas, batterie et crosse damasquinées en or, monture en argent.

16 — Sabre indien, dont la poignée en fer est richement damasquinée en or.

17 — Sabre afghan, à lame un peu recourbée, damasquinée en or et poignée en buffle.

18 — Flissah à lame en damas avec entrelacs en relief, fourreau en argent repoussé.

19 — Couteau, manche en agate et lame en damas, fourreau et ornements de la poignée très-finement niellés.

20 — Petit couteau, manche et fourreau en argent, et un amor-
çoir en fer, revêtu de coquillages.

21 — Khandjar, lame en damas, poignée en morse sculptée.

22 — Khandjar, lame en damas, manche en ivoire incrusté de
mosaïque.

23 — Khandjar, manche et lame en damas.

24 — Khandjar, manche en morse et lame en damas.

25 — Couteau, manche en os et lame en damas à entrelacs en
relief.

26 — Couteau, lame en damas, manche en morse à ornements
damasquinés en or.

27 — Couteau, manche en morse et lame en damas avec fleurs
et animaux damasquinés en or.

28 — Épée Louis XIII, en fer ciselé.

29 — Épée du temps de Henri IV, avec large poignée.

30 — Epée et main-gauche. Travail espagnol.

31-33 — Trois dagues italiennes, ciselées et damasquinées
d'argent. Elles seront vendues séparément.

34 — Dague en fer ciselé.

35 — Couteau de chasse Louis XV, en cuivre ciselé et doré.

36 — Carabine turque, richement damasquinée en or.

37 — Fer de lance en damas damasquiné en or.

38 — Deux épées de cour Louis XV.

39 — Deux épées de combat; la lame de l'une est fracturée.

40 — Lance-épieu en fer forgé.

41 — Garde d'épée en fer.

42 — Hache de corporation avec manche incrusté de plaques d'or gravé.

43 — Pistolet révolver.

44 — Cuirasse gravée.

45 — Petite poudrière en damas.

46 — Poudrière en peau gravée.

47 — Masse d'armes en forme de tête de bœuf, enrichie d'ornements damasquinés en or et en argent.

48 — Autre masse d'armes en forme de tête de bœuf.

49 — Deux petits couteaux à lames en damas.

50 — Flissah à lame en damas, fourreau et manche damasquinés en argent.

51 — Poudrière en cuivre jaune gravé.

52 — Hache d'armes en damas gravé, à ornements damas
quinés en or et en argent.

53 — Cartouchière circassienne en argent gravé et doré,
accompagnée de son ceinturon en velours vert, garni
d'appliques en argent.

54 — Sabre circassien à lame courbe, poignée et garniture
du fourreau en argent niellé.

55 — Poignard circassien à lame à double tranchant, poignée
en buffle, garnie ainsi que le fourreau en argent niellé.

56 — Pistolet circassien avec canon garni ainsi que la monture en argent niellé, et batterie damasquinée d'or.

BRONZES

57 — Lampe en cuivre jaune, à large pied, entièrement couverte d'animaux, de fleurs et de figures.

58 — Deux bols en cuivre jaune gravé, à ornements, inscriptions et guerriers.

59 — Deux autres semblables.

60 — Flambeau de mosquée gravé, couvert d'inscriptions et d'entrelacs.

61 — Deux petits vases sur piédouche, avec couvercles et soucoupes en cuivre étamé, entièrement gravés.

62 — Deux petites tasses en cuivre étamé, à figures et ornements gravés.

63 — Deux autres, en cuivre jaune, sur piédouche.

64 — Peti' chandelier en cuivre jaune gravé.

65 — Beau kalian en cuivre gravé et émaillé, à figures, fleurs et ornements.

66 — Deux bols en cuivre étamé, avec inscriptions et entrelacs.

67 — Bol sur piédouche en cuivre étamé et gravé.

OBJETS VARIÉS

68 — Botte en bois sculpté, à figures et ornements, enrichie de frises découpées à jour.

69 — Autre botte avec incrustations, monture en argent.

70 — Belle corbeille de derviche en coco sculpté, à ornements
et inscriptions, avec sa chaîne de suspension.

71 — Douze pièces. Petite épingle émaillée en forme de pa-
pillon ; deux bracelets en argent ; trois pièces en or ; six
petits émaux avec portraits.

72 — Noix de coco sculptée.

73 — Paire de pantoufles en drap, brodées en soie.

74 — Trois étuis forme cœur en argent. Travail allemand.

75 — Bague en fer gravé.

TAPIS

76 — Grand tapis du Turkestan sur fond rouge, avec de très-
riches dessins.

77 — Tapis de Mesched pour divan ou passage, à dessins de
couleurs variées, en relief sur fond blanc.

78-79 — Deux tapis du Khorassan.

80-89 — Dix tapis de pharaan de différentes grandeurs et à
dessins variés.

90-91 — Deux tapis khurdes.

92-93 — Deux tapis de table de recht en drap bleu et rouge,
brodés en soie.

94 — Très-beau tapis de Damas, sur fond violet, brodé en fiu
avec fleurs en soie.

ÉTOFFES

95 — Huit pièces richement brodées en soie, pouvant servir
à couvrir des meubles.

96 — Sept coupons d'étoffes en soie pour robes et meubles.

97 — Deux voiles brodés en soie à jour.

MIRE ISO N° 1
NF Z 43-007
AFNOR
Cedex 7 - 92080 PARIS-LA-DÉFENSE

graphicom

BIBLIOTHEQUE NATIONALE DE FRANCE

****

CHATEAU DE SABLE

1995